未来山脈叢書第一九八篇

歌集

幻想家族

笠原真由美

現代短歌社

序

光本恵子

笠原真由美歌集『幻想家族』が上梓された。未来山脈叢書一九八篇である。

笠原に初めて出会ったのは、二〇〇二年ごろ、下諏訪町立図書館で「口語の短歌の作り方」と題して私が話した時に、聴講していたのであった。後ろの席でひっそりと、しかし真剣なまなざしで聞いていたと記憶している。彼女は短大の国文科を卒業して暫く東京で経理の仕事をした後故郷に戻って、その頃はこの町の図書館に勤務していた。

その後、音沙汰もなく月日は過ぎていく。十年ほど経過した二〇一二年であった。突如、笠原真由美から「未来山脈に入会したい」との連絡が来た。入会後すぐに送られて来た手紙には、「先生のお話を伺って以来十年間思いつづけて、やっと短歌を始められる環境になりました」とあった。

それからの彼女の学習ぶりは早かった。

本好きな性格のせいか、読解力もあり精力的に作品評や編集に携わっている。「未来山脈」を編集するこの町に住む彼女の存在を嬉しく思っているところである。

さて歌集から、短歌を取り上げて、彼女の今日に至った道のりを辿ってみたい。

本気で文学に短歌に生きようと我が家にやってきたとき、彼女は「人生との和解」を果たしていた。

悲しみの数を人生の価値にすり替えていた　風の草原に立てば気づく
丘の上から光る湖を見わたして人生と和解した　ここで生きてゆく
米を研ぐ　無心で研ぎたいと思う　そして正しく漬物を切る

だが、こうなる前の作者はさまざまに迷い精神的に落ち込み、苦しんだのであった。異なる環境で育った二人が結婚しひとつ屋根の下で暮らす。それは誰しもが味わうとはいえ大変なことだ。

山里の学校教員だった祖父が孫に聴かせる足踏みオルガン
戒名の〝教〟という字に光射す　祖父の仏前に教え子絶えず
遠い日に斜陽落日を味わった祖母のおしえる古風な作法

祖父の家には足踏みオルガンもあり、身内には教師が多い。落ち着いた文化的な暮らし、クラッシック音楽のレコードや文学全集が溢れるようにある環境。太宰治やチェーホフを語りモネの絵の感想を述べあいながらの夕食。幼い時からピアノを習い、また茶の世界、すなわち和の文化にも親しみ教養を身に着けて育った。

初釜の茶室に静寂はりつめて炭はじけても身じろぎはせず

茶道は小学一年の時から今なお続けて励む。

銀色の雨のなか閃光が走る　ゆるさない心が自分につき刺さる
優雅ね、と言われて優雅に暮らしてみせる　ジャスミンの影に幻想家族
ゆがみなくベッドメイクをする背後ルネッサンスのマドンナ嗤う
しっかりとまぶたを閉じて言いきかす「わたし以外はみんなバーチャル」

ところが嫁いだのは精密工場を経営する家であった。実際的なこと、役に立つことが全てである。文学や音楽のために時間と心を費やすことなど、嫁として何のプラスにも評価してもらえない。
結婚相手は同じ中学校を卒業し、彼は名古屋の大学、彼女は東京の大学を経て、再び地元故郷で出会った。同じ故郷で育ったと聞けばさほど大きな違いは

ないと思えるのだが、日本の田舎はまだまだ個人より家が優先される結婚である。

女は家の働き手として迎えられる。それが信州では一般なのである。その中でいかに折り合いをつけて暮らしを続けてゆくか。その基本はまずは二人の愛情であろう。

望んでいたような生活は叶わなかったが、しかし、知的な喜びを共有できる存在として、夫への信頼をもちつづけた。ただし婚家とは馴染めない。しだいに現実から逃避していった。感情を抑圧し、身近な人々との交流を避け、すべては幻想だと諦めることで生きのびようとしてきた。

背の高い草をかき分けかきわけて行けばあなたがいると思った
ただひとり湖底に沈んでいるように無言をとおした冬が終わる
決定的な言葉を怖れて無口になる　壊したくない暮らしがあって

そんな中にも二人の子に恵まれる。子をしっかり育てねばならない愛情と責任、子育ては自身の夢をずんずん飛び越えてゆくほどの力を持って迫ってきた。

華やぎはすべて見ていた　秋咲きのアイスバーグが風にうなずく
てのひらに掬ってはこぼすミルク色　湯ぶねのなかで風を聴いている

私は次のうたを読むとき聖書の中の放蕩息子の場面を思い出す

冒険に行くと出かけた少年は七年たって帰ってきました
あきらめという選択にやすらいで見上げる空に星が流れる
庭仕事を終えて立ちあがる夕空　丘の上の高校から合唱がきこえる
山々のふもと湖のほとり　スワンが翼を広げる諏訪の街灯り

ママは強い。「ママだから帰る」。子のもとへ。そして夫のもとへ。

〝ママ〟だから私は帰る丘の上　ライラックの香のまつわる家に
息子の部屋からどっと笑い声　わたしは大鍋にカレーを煮る

一つ一つ夢を脱ぎ、新しい服を着てゆく。それが生きるということかもしれない。そうしているうちに再び元の服に還っている。あの元の服より一段も二段も上等の服を着て、笠原真由美しっかり、今この故郷の地でまっすぐに立っている。

二十代で身につけたスキルを頼りにいまは家業の経理を担う
ともだちは信じてくれない　わたくしが軽トラを運転できるということ

足場では安全ベルトを外しちゃダメよ、としつこく言って青年を見送る
山里の雪に埋もれたスーパーで遠い国からきたフルーツを買う

気づいてみると、なにより夫が真由美を支えていた。夫は妻・真由美が勝手に悩んでいるとしか思えない。なぜそんなに悩むのか――。それでも遠く近くで黙って見守っていた。今になって、ようやく夫の大きさにも気づいた。

これまでの結婚生活で身に付いた喜びや苦しみは、笠原真由美を一回りも二回りも大きく成長させた。今までの苦しみは決して無駄ではない。この事は彼女の歌評を読み味わうとよくわかる。他人の短歌を評するとき、今までの経験がものをいう。そこには読書では身に付かない、体験が苦労が経験が、しっかりと現れているのである。

あなたに「逢えてよかった」ありがとう。

夫・笠原衛氏に出会えた喜びを伝えたいのだと、私にはよくわかる。

自分を被害者に仕立てたがる業は清里の空に解き放て

はつ夏の光のなかにキンレンカが晴れればれと咲く　逢えてよかった

笠原真由美さん。よくここまで様々な服を脱ぎ捨て、頑張ってきましたね。今着ている服は最高、夫や子の愛情がぎっしり詰まったかがやく服を着ていますよ。

あなたの頑張りに、私からもお礼を言います。でも人生はこれから。ただただ素晴らしいときがあなたを待っていますよ。

この歌集は過去の集積であり、歌集『幻想家族』の出版を心から喜ぶものです。この歌集出版を契機に、一つの時代を脱皮し次の時代を作る。これからの未来に、少女期に培った茶道の精神、文学や短歌が笠原真由美の身を護ると予感する。ますます、短歌の道にいそしみ第二第三と歌集を出していくようにと期待しています。

二〇一六年八月吉日

目次

Ⅱ　幻想家族

Ⅲ　丘の家

幻想家族

I　難民の旅券

カラミンサの花

篝火のように夜どおし命炎やし寂しさはきえずに朝がくる

足首にふれれば涙腺ふくらんで朝陽に熔ける浴室の窓

華やぎはすべて見ていた　秋咲きのアイスバーグが風にうなずく

純白のアイスバーグは風にゆれてこの夏をただ肯定する

この町に夏だけ住むひと見送ってふり向けば白いカラミンサの花群《むれ》

難民の旅券

胸うちをロマ音階が通り過ぐ　流浪の民のそのかなしみが

難民の旅券の色を胸に抱き日ぐれの道に暮らしの音をきく

淋しさは〝幸福〟のうちに分類し百合など買っている帰りみち

夕闇の庭にすわれば夏の残り香　遠く花火のあがる音がする

背の高い草をかき分けかきわけて行けばあなたがいると思った

ト音記号巧く描けてもそれだけでは何処へも行けない難民の旅券《パス》

これまでに歩いた道をふりかえり　いつも独りであったと思う

海の霧を集めてつくったバスソルト　湯に溶かしこむぐるぐるぐるぐる

てのひらに掬ってはこぼすミルク色　湯ぶねのなかで風を聴いてる

ひんやりとシーツがおしえる今は秋　まだ削除《け》してない写真もあって

数式をことりことりと置いてゆくショパンの指はしづかな夜に

氷湖

その家庭《いえ》を「機能不全」と名状し臨床心理士ファイルを閉じる

他人《ひと》はみな輝いている、そんなことを語ってみせる病棟の少女は

真冬日にバス停で遭った少年の眼の色それは故郷のみずうみ

少年は静かに残さずごはんを食べる　少年には父がないから

曖昧なものは端から削がれていく　みずうみ凍る酷寒の町

もうほかに道など探したくもなし　ならば氷湖にからだ投げだせ

寒気とはなんと容赦のないものか　この地に居てこそ再生もある

雪を蹴り追って来る君感じても耳冷たくて声は聞こえず

星凍るこの町で今日を生きるため身にまとうのは優雅な薄情

雪残る山辺のみちに地蔵笑む　じっとしていることの尊く

山里の雪に埋もれたスーパーで遠い国からきたフルーツを買う

地に低く受容の時をうつむいて小雪まじりの風に水仙は

ただひとり湖底に沈んでいるように無言をとおした冬が終わる

あきらめたことの数々悼んでか　うつむいたままものを言う癖

ニット帽まぶかにかぶり少女らは水仙の花に顔をよせる

手をのべて憧れ追えば百万の白木蓮が空にとびたつ

不完全燃焼の音符

傍らにうつくしいものを積みあげて　わたしは自分と和解できない

人生の傍観者になりたい、と十七歳の日記に書いてある

希望は砂風のようだった　住みなれた町で旅人のように暮らす

抑えつづけた怒りは悲しさに変容した　怒ってみようか生きるために

シベリウスの楽譜から北欧の霧流れて鍵盤にそっと指をおく

想いをうたう技術は足りずピアノの上で不完全燃焼の音符たち

風強く終日客もない曇り日　濃いミルクティーが美味しい

やすらかにひとりで立ちたい　通じないものはそのままでよい

雪どけのしずくに部屋はまもられてノートに写しゆく『星の砂絵』

＊三好春冥歌集『星の砂絵』

足踏みオルガン

夕日さす庭の千草に佇んで祖母が手をふる遠ざかる孫に

遠い日に斜陽落日を味わった祖母のおしえる古風な作法

山里の学校教員だった祖父が孫に聴かせる足踏みオルガン

退職後の祖父が開いた学習塾の隅で描いていた絵日記帳

長机を座敷にならべた祖父の塾　生徒は正座で私語もなく

戒名の〝教〟という字に光射す　祖父の仏前に教え子絶えず

花を手にのぼる坂道に陽は閑か　小学校を見下ろす丘に祖父は眠る

銀色の雨

雨がふる　銀色の雨がもう許してもいいだろうとガラス窓を叩く

雨がふる　銀色の雨が木々の葉をゆらし「悲しみなんて」と嗤いとばす

銀色の雨が樹木をなだれ落ち庭が河になる　記憶を連れ去ろうと
銀色の雨のなか閃光が走る　ゆるさない心が自分につき刺さる
雨に顔を打たれ銀色の空を見る　無数の粒になりわたしは消える

Ⅱ　幻想家族

幻想家族

新聞の角を揃えてたたみつつあなたの頸のうしろを視ている

コピーして、それをあなたは〈保存〉してリアルタイムでは何も見ない

寄せ植えの鉢を並べてうつくしく玄関調えしがらみもなく

垣根ごしに交わす挨拶は逆光で「しあわせですか」と訊くこともできず

「妻の趣味はガーデニングです」と微笑ってあなたは疑うことを手放す

優雅ね、と言われて優雅に暮らしてみせる　ジャスミンの影に幻想家族

そうですか、家族は温かいですか　今日は変なお天気ですね

コーヒーをカップに二センチほど残し家庭《いえ》を出ていく映画の女は

団塊の世代がまじめに離婚する　〝愛〟を信じている人たちが

サイフォンに揺らぐ炎を吹き消せばラップランドに星が渦まく

激情に身をゆさぶられ致死量と知りつつ叫ぶこの言葉たち

わたくしをけっして心のうちがわに入れぬ貴方を撃ち殺す夢

永遠を求る女王に手わたすは青き氷片　ここからは、冬

散らばった行為のかけらを掃除機に吸い集めてゆく　朝陽を踏んで

リビングにレース模様の影ゆれて　失望のなかの幻想家族

ゆがみなくベッドメイクをする背後《せなか》ルネッサンスのマドンナ嗤う

レガートでルーティンワークの家事終えて　私を守ってくれるものはない

身のうちに通風孔あり起立《た》つたびに眩暈が起こる耳鳴りがする

ネクタイは色別にして収納する　その赤い実を食べてはいけない

涼やかな眼であることをたしかめてピアスの針《ピン》をカチリと留める

わたしたち幸福なのよ、と言いきかせ胸にふわりと結ぶスカーフ

ママ友の視線受けとめにっこりとエクレアのなかの針を呑みこむ

口角を上げて見かわす目の中にどんな言葉も撥ねかえす光

わたくしは眼をそらさない　プライドはこの喉もとに宿って光る

絶妙に弱さをみせる勁い女《ひと》　わたしは花でも買って帰ろう

なだらかな私鉄沿線の坂道《さか》をゆく　夢の中のようにさびしい

「ぞうさん」を替え歌にして児は歌う「あーのねマァマがすーきなのよ」

四人家族在るべきかたちにととのえて　もう求めるな、人生は私物

しっかりとまぶたを閉じて言いきかす「わたし以外はみんなバーチャル」

スラブ系物理学者の絶望にシェヘラザードは陽よけを降ろす

固ゆでの卵を剝いて刻んでいる　あなたを許すつもりはないのよ

脱ぎ捨てられたシャツは拾ってかごに入れ復讐のため〝マイル〟を貯める

結婚て好いものだわね、男がみな少し下方に平らに見える

「諦めが早い」は褒め言葉なのだと訓えてくれた青年のいて

冒険に行くと出かけた少年は七年たって帰ってきました

簡単にたがは外れる　はずれたらようやく安堵するかもしれず

あきらめという選択にやすらいで見上げる空に星が流れる

我儘も許してあげる、なぁんてね　トロイメライがきれいに弾けた日

食パンの白いところでウサギなど作ってしまう　慌てて呑みこむ

リナルドの詠唱《アリア》に現在《いま》をゆるされて　ただ泣いた、ただ泣いた五月

わたしはもう高校生にはなれないし自転車押して坂道《さか》ものぼらない

「愛情」とか云う人がまだ多くいて　ＣＤにＢ面はありませんのよ

キッチンの窓の外には葡萄棚　記憶のなかの幸福《しあわせ》として

「プロコフィエフの組曲いいよね」「うん、独特でハマるよね」

確かめたい何かがあって語られた言葉なのでしょう浮遊させておく

見ぬふりをしてきたものたち一斉に衣ぬぎすて襲いくる春

生きるためにしてきたすべてが厭になる　まだ浅い春の夜は青くて

呼吸不全で点滴を受けている私　ウィリアム・モリスの壁紙きれい

冷たいね、と言われてこたえる「そうかもね」　手放しはしない幻想家族

あのひとは知らないでしょう〝永遠〟という手話がとても美しいこと

Ⅲ　丘の家

舟歌

丘の上のわが家　夜になると電車の音がきこえる

窓から見える風景の三分の二は空　裏山で鳥が鳴く

ひと籠のブルーベリーを置いてゆく友のいて今日はジャムを煮る日

うつくしい物語を読む午後の窓　しずかに呼吸《いき》をしてホフマンの舟歌

庭仕事を終えて立ちあがる夕空　丘の上の高校から合唱がきこえる

夕暮れどき　車のランプがつながって湖岸道路は首飾りのよう

山々のふもと湖のほとり　スワンが翼を広げる諏訪の街灯り

目覚めれば窓から月は流れこみ宙《そら》をただよう銀色の部屋

髪に白い花をさし天の川を流れてゆく　耳に残るはショパンの舟歌

ママじゃないんです

朝のコーヒーはひとりで飲みたい　主婦の仮面をつける前に

ママ友の会で笑顔もこわばった　家に帰ろう紅茶を淹れよう

「女子校出身でしょう」と当てられる　手のふり方でわかるとのこと

「その前にお紅茶一杯召しあがれ」そして私は危険から遠ざかる

男どもは帰ると必ず「ママは？」と探す　いい気分

夕食の皿を洗っているうちにケーキは焼けてふさがる傷口

夜の庭をひそやかに歩く　わたし今、ママじゃないんです

素数のふたり

ていねいに丁寧に挽くコーヒー豆　うつむいたまま結界を張る

くるくると話の位相を変えていく　自己防衛の超絶技巧ね

心にもスイッチのある人と居てわたしは本から顔を上げない

タイミング、いつまでたっても合わないね　素数どうしのあなたとわたし

「いつだって君を想って生きている」　この命題は偽《うそ》である

カオス的乱流のなかで探してる　どこへ行ったの、原初《はじめ》のわたし

雨音につつまれた部屋でショパンを弾く　胸のあたりが透きとおるまで

スリランカの茶葉がゆらりとひもとけて独りでいれば時間《とき》もやさしい

日常に物語もたぬ貴方にはわたしのメールも解読不能

心など眼中にない人だから文字列はただロールされてく

笑ってる写真の胸のあたり見て〝冷血〟という字を当ててみる

不在ならいい、バーチャルなら愛せると貴方のメールぱたりと閉じる

湯ぶねにはローズマリーの葉を浮かべ　初夏、雨の日の午後の入浴

英国製ガウンくらいの贅沢で自分をなだめる何でもゆるす

ローブ脱ぎこれから海に行くはずの今日がアルバムに貼ってある

なにもかも結果が見えてしまうような不幸な時代のキャラメル・ラ・テ

「博愛の女《ひと》」だとのたまう占い師にうなずいておく　わたしは巫女だよ

湖がからだを

夏は過ぎセージの群れに風が立つ　サファイア色の花穂ゆれて

山麓のぶどう畑に霧したたりシャルドネの房は重く熟れて

ハーブ刈る庭に赤黄の紅葉《もみじ》舞い明日は炉開き　きものを着ます

せわしない時間を連れて来たひとに茶を点てて供《だ》す　わたしを見て

積年の謎がようやく解けたとき怒りの棲みかに虚しさが宿る

聴こえないふりしてたけれどあの言葉ふたりにとっての黙示録となり

出来事はあなたの上をすべってゆく　なにも変わらず何も残らず

もう何も期待しないよ、という言葉胸に刻んできみを眺《み》ている

キャンドルにからだゆらいでゆるゆると過去が溶けだす暗いみずうみ

ふつふつと淋しさあわだつ部屋で眠る　瀕死の赤い金魚のように

ひたひたと湖《うみ》がからだを浸《おか》していく　この悲しみは処置なしだ、もう

里山に物語りする霧ながれて…終るものは終ればいい

ティーポットに別れの呪文を唱えている　カサブランカの香る居間で

目をとじて耳をふさいでいなさいね。私はひとりで〝明日〟に行きます

もうここを出て行きなさい、サラサーテの嘆きの曲が終らぬうちに

散り敷いた紅葉に霜のおりた朝　手袋をしてポストまで歩《ゆ》く

初冬の街

心因性貧血症になりました　真直ぐ立っている気がしない

迷いなく自信ありげな人と居てわたしの身体はふらりと傾く

カウンターのなかを安全地帯として受付け嬢は妙に高飛車

コンビニでカフェ・ラ・テ買って屋上へ　午後五時までの燃料だから

免罪符のようにＩＤカード《なふだ》を首にさげ今日も生きのびてバスを待つ

すれちがう誰もが行き先を持っていることに傷つく初冬の街

過ちの最初の岐路をさがしゆく　車窓《まど》の外には音のない街

曲がり角次つぎ間違え今ここに　景色ばかりがうつくしくなる

取り返しはつかぬと識って運転手の後頭部を凝視《み》る　無人のバスに

「終点は過ぎましたよ」とふりかえる運転手の口裂けて絶望

美しいシュートの軌跡

ひざに抱く幼な子の髪に顔をふせ涙をこらえた朝の食卓

なにもかも私のせいだと背負わされ泣き顔の流し雛のように

「ストレスですよ」と言いながら医者は太い注射を打つ　めまい止め

難聴もストレスから、と言う医者に「悩みはない」と答える診察室

決定的な言葉を怖れて無口になる　壊したくない暮らしがあって

桜並木を散歩する夫婦連れをじっと見ている　助手席の窓から

あれやこれや言われたことみんな手のひらにのせてフッと吹きとばす

社会不適合者とバッシングされた選手の放つ美しいシュートの軌跡

日曜日の家出

鎧のようにはりついた笑《スマイル》みが見つめ返す朝　鏡の前に口紅をおく
花蒔《はなまき》という名の町にカフェをみつけて紅茶をたのむ　日曜日の家出

十三歳《じゅうさん》で読んだシュトルムの『みずうみ』　カフェの出窓に陽を浴びて

わたしは静かに暮らしています、と呟いてみる　手紙は書かない

山の斜面につづく牧場の柵　白蝶草《ガウラ》ゆれて夏も終わり

農場で買ったドライフラワーは日常に戻る旅の道づれ　助手席に置く

夕焼けをみつめてアクセル踏んでも離陸できない　ウインカーは右へ

きっともう、まにあわない　海のある街にわたしは行けない

脱出願望

みずうみの南岸の町を歩くとき藍に染みゆく寂しさのあり

わけもなく岬という字に憧れる　果てない私の脱出願望

夢の中にいつも出てくる町がある　目覚めたときは何故かさびしい

谷間をへだてて瞬く家の灯　呪文を忘れてもう帰れない

鉄門の向こうのハニーサックルの繁みの前に置いた犬小屋

マーラーの交響曲がうごめいて太古の森で巨人が目を覚ます

夜空を切り裂く稲妻とどろく雷鳴　ブラボー！これは私の怒りよ

ものすごくワルイことを考えている　くすりと笑って自分が好き

モノトーンの街に降りつむ雪を見ている　今日はただ、友だちが欲しい

「菩提樹は女性を守る樹」きみの言う国に行きたし　かのラトビアへ

君たちは包囲されている

バギーを停めベビーの顔をのぞきこむ　お日さまを食べたにおいがする

団地の庭をバギー押して歩く　これはお花、あれはブランコ、そしてお空

誕生日は夢の国《ディズニーランド》で白雪姫にハグされてうっとり三歳になる

手を振ればサヨウナラだと覚えた児は行進《パレード》のミッキーに「ばいばい」と応える

五歳の長男ドライブスルーのマイクに叫ぶ「きみたちはほーいされている！」

玄関で「ゆきだるまできた」と叫ぶ児の頬は冷たく眼は輝いて

雪遊びしてきた子どもを毛布でくるみココアを飲ませるギュッと幸せ

「もうママとは寝てやんない」の宣言にうしろを向いて笑い…涙

「おかえり！」の抱っこはきっかり8秒でもがき出て行く小学一年生

なかよし川辺に落っこちて泣いて帰った児の靴を洗う夜更けの浴室

毎日プールの授業があって水着とタオルは夜のベランダを泳ぐ

モーツァルトの夜

開演前の楽屋は華やぎテノール歌手が鏡の中からウインクする

日常を置きざりにする二度目のベル　シートに深く身体あずけて

アイスブルーの光を浴びてプリマドンナはアリアを唱う助けて！と

「夜の女王」は若手ソプラノ　手をにぎりしめて聴くコロラトゥーラ

森の奥から囁き声が「それは見せかけ。だまされちゃダメ」

月光に魔笛響いてモーツァルトが無邪気にあばく世界のたくらみ

カーテンコールの興奮さめず夜のカフェで飲むクリームソーダ

うっすらと涙うかべて今はまだ帰りたくないみずうみの町

「音楽の魔法を街にふりまいて踊っていこうよ海が見えるまで」

〝ママ〟だから私は帰る丘の上　ライラックの香のまつわる家に

水のように眠るわたしの夢のなか君の詩はいま境界を超える

静夜思

真夜中に消音にしたTV《テレビ》を見ている　ひとりぼっちの金魚のように

春なのにスミレの苗も買いに行かない　毎年植えていた花だけれど

人前ではいくらでも笑っていられる　タガが外れてしまったようで
風景のように人を見ていたら自分が風景になってしまった
「かけがえのない」という言葉を「たまたまご縁で」と言い換える

誰ひとり同じ人生などなくてそれで普通とはしんどいことです

「人は少し悲しいくらいが普通でしょう」　お釈迦さまは仰って

そういえばイエスさまも悲しげでした、とお釈迦さまの思い出ばなし

「静夜思」の三文字を見れば他にはなにも要らないと思う

その気になれば叶う夢　知らない街を一人で歩き海辺の家でひと夏暮らす

本を読む私

シャーロック・ホームズ全集図書館の西陽のなかに少年らを待つ

秋明菊の庭にきこえる呼鈴微かに庄野潤三の初版本届く

『静物』に添えられた古書店主の手紙は保存上の注意点など

庄野潤三の書いた街を歩く　藤棚の公園も浄水場もみんなある

谷川の横の鉱泉宿　二階の窓に井伏鱒二の顔が見えそうな

中央線沿線文士にあこがれて学生時代は三鷹に住む

Ａ・クリスティと三十年間生きてきた　現実を忘れる秘薬として

表紙絵を捲ればそこはウルグアイ　夏中その街で生きていた

「イランは昔ペルシァといいました」　物語の中から青年が見つめる

夢のなか雪は静かにつもりゆく　『時の旅人』を読んで眠れば

亡き王は太陽の船でエジプトの空を渡る　時空を超えてよみがえる命

男子高生

「おじゃましまーっす」の合唱で二階にかけ上がる高校生たち

息子の部屋からどっと笑い声　わたしは大鍋にカレーを煮る

お皿も鍋もカラにして立ったあとには青春のかけらが落ちている

「一緒にどうぞ」と花火を手渡され男子高生たちと夜の庭

「町じゅうに秘密基地があるんだ」と言っていた息子の成人式

叱られて「ニセモノのママはあっちいけ！」と泣いた息子がスーツを着る

昭和《むかし》より繊《ほそ》く柔《やさ》しいこころ抱き若者たちは iPhone につつむく

金の馬駈ける賀状のおもてには就職決まりし若き友の名

東京駅

東京駅復元のニュースに見入る　あれはわたしの働いていた街

そろばんで経理のいろはを教わった　今ではパソコン入力するだけ

「お金が動けば伝票も動く。鉄則です」経理課長のメガネが光る

二十代で身につけたスキルを頼りにいまは家業の経理を担う

会計ソフトで損益計算「もはやすべては機械《コンピュータ》の中です、課長」

朝礼で職人に配る缶コーヒーかかえて青年は現場へ走る

足場では安全ベルトを外しちゃダメよ、としつこく言って青年を見送る

ともだちは信じてくれない　わたくしが軽トラを運転できるということ

軽トラを飛ばして法務局にも行く私はとてもカッコいいのに

東京がときどきフラッシュバックする　さびしかったな二十代は

飯田橋の青い歩道橋　朝日を浴びて通勤者の群れがゆく

春の国道

自販機と点滅信号の光にじんで夜の国道にぼたん雪

ひゅんひゅんと飛び去る街灯、濡れた国道《みち》　春のこの夜どこまでもつづけ

世の中で優しいものを言ってみて「深夜ラジオ、夜のハイウエイ、Jリーグ」

名古屋風味噌おでんにて地酒を呑む　夫の学生時代聴きつつ

夫のいた街にそびえるテレビ塔　「名古屋タワー」と言って笑われ

東京タワーがあるのなら名古屋タワーもあるでしょう…酔っぱらいの理屈

病院の中庭

藤のまつわるレンガ塀に囲まれて病院の中庭に仏蘭西菊ゆれる

水槽のきんぎょが二匹寄ってきて私をなぐさめてくれる外来待合室

夫は眼をとじて座っているから私はふたり分話す　病廊の椅子に

わが子の病気を受け入れるまでの数時間　手放す夢のあれこれ数えて

悲しさは膜となって私と世間を隔てた　笑み交わしつつしんとしている

ほんとうはあんなふうに生きたかった　すぐそばにいる遠い人々

あきらめの波がよせる砂浜に足跡をつけて　その水ぎわに

服薬を忘れぬための表を書き退院を待つリビングに赤いゼラニウム

哀しみを傍らに置いて暮らす家族に笑いあり悦びありそれぞれの夢もあり

丘の上の高校

今日も朝陽を顔にうけ高校生たちが登《や》ってくる　この生きにくい世に
花に水をやりながら「燃えるごみ」を出しながら高校生たちとおはよう、おはよう

図書館の前の木陰でサンドウィッチを食べている娘《こ》　いつかの私

雄叫びをあげて坂を駆け下る男子三人夕やけ空に吸いこまれていく

部活終えバット担いで帰っていく君たちを見ているよ　いつも見ているよ

長い髪ながい手脚の〝息子の彼女〟に「ママ、かわいい！」と言われても
わらってわらって笑いころげて女子グループが通り過ぎてゆく
真昼の住宅地にひびく歓声　生徒の背中でかばんが跳ねる

ジグザグに坂道駈けてく高校生　湖水《みずうみ》光り明日から夏休み

和敬清寂

たとう紙を解き衣を出す悦び　うつむく口元に笑みほどける

肌をすべる絹のしなやかさ　自分を愛しむこころに灯がともる

炉びらきの茶席の花は藤袴　汁粉の甘いかおり流れて

炉びらきの濃茶の席のおしるこは師の思いこもるほのかな甘さ

初釜の茶室に静寂はりつめて炭はじけても身じろぎはせず

心尽くしの懐石膳　煮物椀の絹さや青が目を射る

居ずまい正して蓋をとる塗椀のなかに一文字のつややかな飯

箸やすめの杏の甘煮にほっと和む　茶室に会話が流れ出す

揺れ遊ぶ心をしずめて総礼すれば茶室にみなぎる清らかな気

樹影ゆれ鳥のひと啼きに風炉点前が一瞬止まる　和敬清寂

真夏の旅

風が唄う八月の高原　息をとめて蒼に吸い込まれていく

自分を被害者に仕立てたがる業《ごう》は清里の空に解き放て

悲しみの数を人生の価値にすり替えていた　風の草原に立てば気づく

台風の通り過ぎた山中湖　木洩れ陽のテラスでランチは二人だけ

人生にこの日が在ったことを悦ぶ　緑輝く箱根の朝

ホテルの窓から流れこむ朝霧　森の向こうに生まれたての太陽が

湖の夜に光こぼれてガラス張りのメインダイニングで銀婚式ディナー

淋しさに根を張って生きてきました。意外にきれいな花が咲きました。

木之花咲耶姫は八ヶ岳を蹴とばして一番になった　あやかりたい

遠くで海が光っている　ここは真夏のクレマチスの丘

海沿いの国道はユーミンの歌のままで　私たち、もう二十五年だね

ここで生きてゆく

丘の上から光る湖《うみ》を見わたして人生と和解した　ここで生きてゆく

アルバムを見ながら義父の話をきく　最後の夏になるとも知らず

「町工場の次男がピアノ習ってどうする」と言われて育った、と笑う夫

「国立大学を卒《で》た息子を家業の危機によび戻した、済まなかった」と義父が言う

信州で生まれ信州に帰ってきた　海、と思えば涙が浮かぶ

料理自慢の義母の味付けが変わった　孫たちは黙って食べている

芙蓉の花を見て木槿だと言い張るお義母さん、面白い

幸せが目的地ではないだろう　川風のなか白鷺とびたつ

夏萩が夕陽をはらむ旧家の石垣　通いなれた旧道を歩《ゆ》く

義母傘寿を祝う夏の宵　仕立下ろしのゆかたで夫と向かう

高台の本家《いえ》から諏訪湖花火を見ている　義父母・兄姉・夫と私

松本山雅ＦＣ

＊松本山雅ＦＣはＪリーグのクラブチーム。ホームスタジアムの名称はアルウィン。チームカラーは緑。
＊松田直樹は元サッカー日本代表選手。最後の所属チームとなった松本山雅ＦＣ（当時ＪＦＬ）で、二〇一一年八月に練習中に倒れ、三十四歳で死去。残された背番号３のユニフォームをベンチに掲げて闘い続けた松本山雅ＦＣはその年の十二月に悲願のＪリーグ昇格を決めた。

サッカー好きな隣の主婦と朝から庭で立ち話　洗濯物はカゴのなか

緑のユニフォームで車に乗ればご近所から「山雅の応援ですか」

スタジアムの上空をジェット機が渡る　一万の顔が空を見上げる

終了間際の逆転ゴールに観客総立ち　今日も止まらない山雅劇場

夏の朝　松田直樹はユニフォームのまま陽炎のむこうに消えてしまった

魂はスタジアムにいると信じてアルウィンに向かう　夏色の花束を手に

真昼のアルウィンに陽は白く照りつけて静寂のなか献花の列はつづく

悲願達成！選手たちが手をさしのべる空に3番のユニフォームが翻る

アルウィン

ユニフォームの人波の先に見えてくるスタジアム　夜空に光を放つ宇宙船

「カーテンもタオルもみんな緑なの」笑う白髪婦人の背番号は〝5〟

山雅が好きアルウィンが好きそれだけで名も知らぬ人と二時間話した

アルウィンのビールは緑色で餃子もうどんも緑色　売れ行き好調

猛暑のスタジアムで立ちどおし歌い通し　かき氷で命拾いする

試合終了のホイッスルに湧きあがる歓声　観客歌い選手は踊る

緑の勇者たちが手をふりピッチを一周する　一万の人を幸福にして

歓声やまぬスタジアムを出れば月は煌々と勝利を祝福する

ユニフォームのまま寄るコンビニでみんなに訊かれる「山雅勝ちましたか」

勝ち試合から帰ってシャワー浴びビール片手にまた観る試合の録画

松本山雅ＦＣアウェイ編

アウェイ観戦バスツアー　運転手も上着の下は山雅ユニフォーム

山雅バス車中の話題は「松本歌舞伎」に「サイトウキネン・フェスティバル」

歌舞伎を語りオペラを語り缶ビールを呑む松本のサッカーおじさんたち

パーキングにずらりと並ぶ山雅バスから緑の人たち続々降りてくる

「山雅サポだ！」サービスエリアの観光客はあわてて写メを送信している

バスを降りたら薔薇の香り　前橋は花の街（ザスパ群馬戦）

長良川スタジアムの牛串はおいしい苺ジェラートも買って客席へ（FC岐阜戦）

往復十三時間の山形ツアー　帰宅は早朝でそのまま出勤（モンテディオ山形戦）

東京ヴェルディ戦にかけつけた山雅サポーターが京王線をジャックする

帰り道の八王子でコンビニ店長がウインクしてくれる「山雅、勝ったね」

シャルドネの実る斜面に霧ながれ勝沼の丘に秋は充ちゆく

ゆとり世代

コーヒーマシーンから立ちのぼる蒸気　いいね、今日も生きのびよう

マウスを持つ右手はぜんぜん動かない課長のネクタイはセリーヌらしく

ゆとり世代が飲み会を計画する　彼らが救う世界は美味しい

「お前、ＣＡＤの資格とれよ」って先輩の引出しの中にはカルビ焼肉弁当

遅刻して青ざめている派遣社員を係長が引っぱって行く

「ＦＡＸの送信エラー、見て下さい！」彼女は叫ぶ怒りをこめて

〝私を怒らせた人〟をリストアップする彼女の肩に蝶々がとまる

コーヒーが泡立つようになったのはいつからだろう　気をつけましょう

「ハーブティー?」「そう、ハーブティー」　よかった彼女と会話ができた

うわ、また課長が無駄なコピーしている　その肩にだって蝶々はとまる

Ⅳ　蛇行する川を知らず

冬野

雨になる予感のなかで明日のこと君のことなど計算している

剪定をしかけてやめた蔓バラがあきらめ顔で木枯らしのなか

コンテストの結果を知るとき寒すぎてどちらにせよ、もう泣こうと思った

冬枯れの中庭に放置されている水撒きホースよ　いまは耐えろ

もうやめた、と言うために必要なものがありそれを揃えるのが難しい

この手から叩き落とされた台本を冬野に拾う　まだ終われない

冬を迎え撃つ

別荘地の林道は人影もなく十一月の軽井沢に絹糸の雨が降る

光を透かすジューンベリーの紅葉の下　春咲く花の球根を植える

まもなく霜が降りるであろう冷たい土に触りつつ再びの春を祈る

夫を見送りに表へ出れば車は露におおわれて　冬は近い

落葉掃きの済んだ庭を眺めて冷たい椅子にいつまでも座っている

秋の陽に今年最後のバラが散る　手のひらいっぱいに誠実を受けとる

ソファーカバーとクッションをおひさま色に替えて　冬を迎え撃つ

シチュウの味みて火を止める夕刻　窓の外には初雪が舞う

カーテンを閉め部屋を暖めて夫を待つ　テレビは雪のニュースを伝える

寒い夜ベッドの中で聞いている会合帰りのおじさんたちの声

本と雪

大雪に丘のわが家は孤立して書棚から取りだす英国児童文学全集

雪に降りこめられてアーサー・ランサムを読む　時々立って珈琲を淹れる

本があれば生きていけるのだ私は　窓からは湖も見えるし

息子の級友工藤君は雪のせいで帰れずに書棚の前で腕組みしている

右から左へ上段から下段へと背表紙を全部読んでる　面白い男子《こ》だ

本を読むわたしは結界をはる　家族はあきらめて自分で湯を沸かす

買い物に行けないことを言いわけに簡単料理を二十分で並べる晩ごはん

ランサムの冒険に参加中の私はテーブルの料理を「食糧」とよぶ

アーサー・ランサムを私に教えたのは夫　ヨットと犬が大好きなひと

雪に被われた街の上で星が光っている　あしたは日曜日

一緒に泣く

ひとりだけの世界にいると指摘される　壁を壊せばもっと淋しくなるだろう
出来事はじっとみつめて花になるまですわっている

人生の初めに摑みそこなったもの　それを痛みの原因として

静けさはゆたかだ　ひとりでいると水の音に満たされる

友だちになりたいひとは私と似ていて　どちらからも近づかない

何もないわたしにジューンベリーの白い花黙ってやさしい

短歌はいい　読めば似た人を見つけられる　一緒に泣ける

過不足のない言葉で伝える　こんなにかなしいこんなにうつくしいたすけて

ハイドロアクア

好きでもない男に突然ハグされてフリーズしながら〝送信〟は、した

喉の奥の怒りは未読スルーして　ピアノの上に跳ねる指先

この色の茸を食べてはいけないと訓える男の背後には森

このひとはもう好きじゃない　この昏い森の深くにおいて行こう

降りしきる雨によくない記憶あり　エクレアを食べて眠ってしまう

今朝はもう起きたときから不機嫌で洗面台に絞りだすクレンザー

フォーマット作業を託すものとしてハイドロアクアを飲んでいる朝

水素水、青いグラスにきらきらとそそいで壊すファイルシステム

身のうちにぶつかりあって水の泡浮かんでくるわ　瞳かがやく

生まれ月の花は水仙ナルキッソス　わたしは白い水仙を選ぶ

デバイスのすべてをきれいに流したら打ち明け話を聴いてあげる

そんな眼で見るのはわたしを好きだから。貴方について証明終了《Q.E.D.》

眩しげに「もういいから」と退くひとをだから?それで?と追いつめる午後

スクイーズボトルがよじれて自滅する　見つめているのはそこじゃないのに

咲き初めの水仙はみな私のもの　アクエリアスに捧ぐ花びら

湧きあがるこの水流の行き先を変えてしまえばそこはまた、冬

「今、死んでもいい」というならあの雪の日に戻りなさい　限りなく其処へ

ヘミングウェイ日和

海の色、ヘミングウェイの背表紙がハイドロアクアに溶けて海のいろ

「グラスには氷をぎっしり入れるんだよ」大好きな声が庭からきこえる

あのひとはジンにライムを絞りこみヘミングウェイを気取っている

グラスから落ちる水滴《つゆ》さえ気にせずに読んでいる『海流のなかの島々』

向きあっても相手をしてはもらえない　わたしは傍の下巻を手にとる

「それじゃ意味わからないだろ」と言われてもいいのよジンが美味しいから

夏空が青くて海がきらめいて風が吹いたらヘミングウェイでしょ

庭椅子に白く弾ける光あり　そよぐレースにふたりは眠る

テラス脇にアルバーティンを植えたからもうひと夏はここに居ようね

アルバーティンという薔薇はりんごの香りの一季咲き　楽園の記憶

風のリュート

退職者が花束《はな》を抱えて歩み去る　桜散る庭のタスクフォース

月は満ち月は欠けゆく廃村に風のリュートが花びら散らす

坂道をのぼった左の白い家　いつか住もうと話していた家

あの家の庭の芝生は伸びていて花は咲いてなかったけれど

たえまなく時は流れて連れていく　切に切に愛しいものたち

ていねいに右折してゆく教習車に失ったものが見えた気がして

今はもうすべてをゆるす春のなか　ただかなしくて夕方の水

蛇行する川を知らず

米を研ぐ　無心で研ぎたいとおもう　そして正しく漬物を切る

昆布出汁《こぶだし》に薄口しょうゆを香らせて時の音《ね》のなか三つ葉をむすぶ

暮しさえ立つのであれば人間は独りで棲むのがよいのだろう

芹の根を水にゆらして泥をおとす　冷えた指先に通う血のいろ

さわさわと蕗の薹を揚げる夕べにリストのコンソレイション漂う

わたしには私の音楽　あなたには貴方の物語　春灯の下

つきぬけて何をつき抜けたのかも分らず夕庭の径に風がとまる

春の夜《よ》にベルガモットの葉を摘んで沸かしたミルクをそそいで七分

澄みきった夜気を吸いこみ悲しみを射込むように金星を視る

ちがう生き方もあったのだろう　高地に生まれて蛇行する川を知らず

春から夏へ

春の陽をあつめた水仙の花群れに心をひろげて温めている

真剣に送ったメールに二十代は「爆笑しました」と絵文字を返信《かえ》す

フットサルの試合から戻り麦茶を飲みイヤフォンしたまま息子は眠る

あきらめは許しとともに近くあり　今年の庭に花りんご散る

菜の花に塩をして刻む春の夕　混ぜずしの香に家族集まる

夕やみにジューンベリーの白い花　ともに見たいひとは遠く海の町

あのひとは海辺を歩いている頃か　夕陽さす卓に箸を並べる

高原の一点となり風に詠む歌はまっすぐ君をつらぬけ

みずうみにヨットを数える君がいて光ふくらみまた夏がくる

はつ夏の光のなかにキンレンカが晴ればれと咲く　逢えてよかった

あとがき

「本当の話がしたい」と、いつも思っていた。——友人たちとランチに出かける。近所づきあいもする。でも、そこで交わされる会話は「ほんもの」ではない。私が本当に話したいこと、伝えたいこと、聴きたいことはそんなことではないと——。

そんな私が短歌と出会った。心の想いを歌にして送れば、それを先生が、歌友たちが読んでくれる…そして私も、毎月の結社誌に載るそれぞれの「本当の話」を聞くことができる。私はようやく長年の精神的酸欠状態から脱し、深い呼吸ができるようになった。

光本恵子先生はいつも私に「短歌があれば生きられます」と言ってくださる——。地方の小さな町に暮らす閉塞感、病気、家族の問題…そのすべてを乗り越えて、歌人として強く生き抜いてこられた先生の言葉は、私の心に風を吹き込み希望を灯してくれた。私も短歌を詠むことで本当の自分を生きられるのではないか――と。

二〇一二年、未来山脈に入会した私は現在の自分ばかりでなく、過去に遡って人生を詠み始めた。記憶から、あるいはその場面に立ち戻って…誰にも言えなかった想いを短歌にしていくごとに、心に刺さっていた棘は溶け、胸の痛みは消えて行った。

だから、この歌集のなかには二十代から五十代までの〝わたし〟がいる。時系列に並んでいるわけではないが、それを読んでくださる方の眼にどんな私が映るのだろうと考えると胸が躍る。

自信もなく消極的だった私に否応なしの課題を与え続けることによって、ここまで連れて来て下さった光本恵子先生に、深く、深く感謝申し上げます。

また、折にふれてご指導やお励ましを賜った歌人の皆さまに心からお礼を申し上げます。

現代短歌社の道具武志氏には大変お世話になりました。数々の的確な助言のおかげで、この第一歌集が出版出来ました。

そして最後に、ありのままの私を常におおらかに受けとめて守ってくれる夫と、私の人生の喜びである子供たちに――いつも、いつも、ほんとうにありがとう。

二〇一六年　夏

笠原真由美

笠原真由美

1960年　長野県下諏訪町生まれ
1978年　諏訪二葉高等学校卒業
1980年　武蔵野女子短期大学国文科卒業
2012年　未来山脈社入会
2015年　未来山脈新人賞受賞
2016年より未来山脈誌　編集員

歌集 幻想家族　未来山脈叢書第198篇

平成28年10月７日　発行

著　者　笠原真由美
〒393-0021 長野県諏訪郡下諏訪町武居北7154-11
発行人　道具武志
印　刷　㈱キャップス
発行所　現代短歌社
〒113-0033 東京都文京区本郷1-35-26
振替口座　00160-5-290969
電　話　03（5804）7100

定価2500円（本体2315円＋税）
ISBN978-4-86534-181-2 C0092 ¥2315E